Aladin und die Wunderlampe

ALAALDIN
ODER DIE
WVNDERLAMPE.

Aladin
und die *Wunderlampe*

Ein Märchen aus 1001 Nacht

Mit Zeichnungen
von Carl Strathmann

Anaconda

Text und Illustrationen folgen Ausgabe *Aladdin oder Die Wunderlampe.* Berlin: Bruno Cassirer 1918.
Orthographie und Interpunktion wurden den Regeln der neuen deutschen Rechtschreibung angepasst.
Die Einrichtung des Textes übernahm Daniela Unger, Frankfurt am Main.

Die Deutsche Nationalbibliothek verzeichnet diese Publikation in der Deutschen Nationalbibliografie; detaillierte bibliografische Daten sind im Internet unter http://dnb.d-nb.de abrufbar.

Umschlagmotiv: »Le Marchand de lampes«, anonyme Farblithographie (um 1895), Sammelbildchen Nr. 5 der Serie »La lampe merveilleuse«, © akg-images
Umschlaggestaltung: agilmedien, Köln
Satz und Layout: paquémedia, Ebergötzen
Printed in Czech Republic 2011
ISBN 978-3-86647-634-9
www.anacondaverlag.de
info@anaconda-verlag.de

Da lebte einmal in einer chinesischen Königsstadt ein Schneider namens Lutschu, dem seine Nadel so wenig einbrachte, dass er seine Frau und sein Kind nur kümmerlich ernähren konnte. Dieses Kind war ein Knabe, hieß Aladin und machte seinen Eltern durchaus keine Freude. Er war ungehorsam, faul, zu boshaften Streichen aufgelegt, und als er etwas herangewachsen war, trieb er sich den ganzen Tag in Gesellschaft von Jungen seines Gelichters auf den Straßen umher. Weder im Guten noch durch Strafen ließ er sich von diesem Faulenzerleben abbringen; ja, er setzte es auch noch fort, als er in die Jahre gekommen war, wo ihn sein Vater zum Schneiderhandwerk anleiten wollte, damit er sich künftig sein Brot verdienen könnte. Hatte Aladin einmal mit Ach und Weh ein Stündchen geschneidert, und sein Vater kehrte ihm einen Augenblick den Rücken, gleich war der Taugenichts entwischt und kam vor Essenszeit nicht wieder nach Hause. Diese Unverbesserlichkeit seines einzigen Sohnes nahm sich der arme Schneider so zu Herzen, dass er in eine schwere Krankheit verfiel und nach kurzer Zeit starb. Nun blieb der Witwe nichts übrig, als die Schneiderbude zu schließen und das Handwerkszeug zu verkaufen; dann härmte sie sich ab, wie sie mit dem kargen Erlös und mit Baumwollspinnen sich und ihrem Sohn das Leben fristen möchte.

Es lässt sich leicht denken, dass Aladin, den die Furcht vor seinem Vater nicht zum Gehorsam gebracht hatte, noch viel weniger auf die Vorstellungen seiner Mutter gab, die auch von zu sanfter und nachgiebiger Gemütsart war, um ihrem hübschen, zungenfertigen Söhnchen den strengen Ernst zeigen zu können.

Da geschah es eines Tages, als Aladin wie gewöhnlich mit einem Trupp Gassenjungen auf einem freien Platz spielte, dass ein vornehm gekleideter Fremder vorbeiging, das schlanke Bürschchen ins Auge fasste und eine Zeit lang

aufmerksam betrachtete. Dieser Fremde war ein berühmter Zauberer aus Afrika und erst vor wenigen Tagen in der chinesischen Königsstadt angekommen. Aladin mochte ihm gleich als ein taugliches Werkzeug zur Ausführung seiner geheimen Pläne erschienen sein; darum wandte er sich nun mit freundlicher Ansprache zu ihm und erkundigte sich, ohne dass es etwas Auffälliges gehabt hätte, nach seiner Familie und seinen häuslichen Verhältnissen. Während ihm der Junge, keck und aufrichtig wie er war, getreuen Bescheid gab, nahm er ihn bei der Hand und führte ihn eine Strecke weit von seinen Kameraden weg. Dann umarmte und küsste er ihn und sprach unter hervordringenden Tränen: »Ach, wie sich das nun trifft! Dein Vater, sagst du, war der Schneider Lutschu? So wisse, mein Sohn, ich bin dein Oheim, denn dein Vater war mein geliebter Bruder. Schon viele Jahre war ich auf Reisen in fernen Ländern abwesend, und nun, wo ich endlich voll Hoffnung eines freudigen Wiedersehens hierher zurückkehre, sagst du mir, dass er tot ist! Aber du, Aladin, du bist sein Ebenbild, und diese Ähnlichkeit in deinen Gesichtszügen hat mich richtig geleitet, als ich dich jetzt aus deinen Kameraden hervorholte.«

Aladin ließ sich den stattlichen Oheim, der ihm so unerwartet zuteil geworden war, gern gefallen, zumal da der Fremde seinen gespickten Beutel zog und ihm einige Goldstücke aushändigte, die er seiner Mutter bringen sollte, der er zugleich seinen Besuch auf morgen Abend ankündigen möge. Wie ein Reh sprang der frischbackene Neffe in großen Sätzen nach Hause, und wie überrascht war die arme Schneiderswitwe, die von einem Bruder ihres Mannes zwar gehört, ihn aber nie mit Augen gesehen und längst tot und verschollen geglaubt hatte! Wie überrascht war sie, dass er nun plötzlich als ein reicher Mann zurückgekehrt sei! Sie benutzte eins der Goldstücke zu Einkäufen, um den verheißenen Gast angemessen bewirten zu können. Vor freudiger Aufregung tat sie diese Nacht fast kein Auge zu, und den ganzen folgenden Tag scheuerte, schmückte und rüstete sie mit emsigen Händen, um ihrer ärmlichen Wohnung einiges Aussehen zu geben. Als nun der Abend herbeikam und alles fertig war, sagte sie zu Aladin: »Mein Sohn, dein Oheim weiß nach deiner Beschreibung unser Haus vielleicht doch nicht gut zu finden; geh ihm ein Stück weit entgegen und führe ihn her, wenn du ihn kommen siehst.« Aber da klopfte es schon an die Tür, und der Afrikaner trat herein mit Wein und Früchten, als kleinem Beitrag zur Mahlzeit, wie er sagte.

Nach Austausch der Begrüßungen blickte der Gast in der Stube umher, seufzte tief auf und rief mit Tränen in den Augen: »Vielgeliebter Bruder, wie unglücklich bin ich, dass ich nicht zeitig genug eintreffen konnte, dich vor deinem Tode noch einmal zu umarmen!« Dann, zur gerührten Witwe gewendet, sagte er: »Wundere dich nicht, liebe Schwägerin, dass du mich während der ganzen Zeit, wo du mit meinem Bruder Lutschu verheiratet warst, nie gesehen hast; ich reiste weit entfernt von hier, in Indien, Persien, Syrien bis nach Afrika, wo ich zuletzt in Ägypten dauernden Aufenthalt nahm. Endlich aber ließ mir die Sehnsucht nach der Heimat keine Ruhe mehr; ich unternahm die Reise, so beschwerlich sie auch war, und habe nun wenigstens den Trost, meinen Bruder in seinem jungen Sohn wiederzufinden, seinem Aladin, der so sprechende Ähnlichkeit mit ihm hat.«

Als der Zauberer bemerkte, dass die Witwe bei der Erinnerung an ihren hingeschiedenen Mann in Trauer versank, brach er das Gespräch ab und wandte sich an Aladin. »Womit beschäftigst du dich, mein Sohn?«, fragte er. »Verstehst du auch ein Gewerbe, oder was hast du sonst Nützliches gelernt?« Bei dieser Gewissensfrage schlug Aladin verlegen die Augen nieder. Seine Mutter aber nahm das Wort und sagte mit Kümmernis: »Dein Neffe Aladin, lieber Schwager, ist leider ein Taugenichts. Sein Vater hat gekämpft und gekämpft, um ihn sein eigenes Handwerk zu lehren, denn zu etwas anderem fehlten uns die Mittel; aber erreicht wurde gar nichts mit dem trägen Jungen, und seit mein Mann tot ist, bleiben meine unablässigen Ermahnungen vollends in den Wind gesprochen. Hilf mir, den Ungeratenen zur Vernunft bringen, lieber Schwager, sonst muss ich ihm nächstens die Tür verschließen, und er mag dann sehen, wo er eine Unterkunft findet.« Da legte der Zauberer seine Hand auf Aladins Schulter und sagte: »Was muss ich von dir hören, lieber Neffe! Dein Lob ist nicht fein; du bist nun wahrlich alt genug und solltest daran denken, deine arme Mutter, die sich so bitter plagen muss, zu unterstützen, anstatt ihr zur Last zu fallen. Es gibt ja so vielerlei Erwerbsarten in der Welt. Gefällt dir vielleicht bloß das Handwerk deines Vaters nicht und würdest du dich zu einem andern besser anschicken?« Aladin erwiderte nichts, und der Oheim fuhr fort: »Mag auch sein, dass dir's überhaupt widerstrebt, ein Handwerk zu erlernen, und du möchtest gern ein angesehener Mann werden. Wenn dies der Fall ist, so will ich für dich eine Bude mit edleren Stoffen aus Leinwand und Seide in einer der Hauptstraßen einrichten; diese Sachen verkaufst du dann, bestreitest mit einem Teil des Erlöses den Einkauf neuer Waren und findest durch diesen Handel ein anständiges Auskommen. Besinne dich und sage mir, was du davon denkst; ich werde dir für den Anfang gern an die Hand gehen.« Dieses großmütige Anerbieten ergriff Aladin mit Begierde; er wurde jetzt auf einmal gesprächig und sagte, Handel zu treiben, dazu fühle er gute Neigung in sich, und er werde seinem Wohltäter für die liebreiche Unterstützung zeitlebens dankbar bleiben. »Gut«, versetzte der Zauberer, »so werde ich dich morgen mitnehmen und dich kleiden lassen, wie es sich für einen städtischen Kaufmann geziemt; übermorgen gehen wir dann daran, nach dem Muster, das ich im Sinn habe, einen Laden für dich einzurichten.«

Aladins Mutter konnte nicht Worte genug finden, die hilfreiche Gesinnung ihres Schwagers zu preisen, und ermahnte ihren Sohn, sich den verheißenen Wohltaten doch ja recht würdig zu zeigen. Dann trug sie das Abendessen auf, das die Erzählungen des weitgereisten Gastes mit der besten Unterhaltung würzten. So rückte die Nacht vor, ohne dass man's gewahr wurde, bis endlich der Zauberer aufstand, sich von Mutter und Sohn verabschiedete und nach Hause ging, das heißt in die Herberge, wo er abgestiegen war.

Am anderen Morgen fand er sich seinem Versprechen gemäß wieder bei der Schneiderswitwe ein, um seinen Neffen abzuholen. Er begab sich mit ihm in einen Kaufladen, wo fertige Kleider in jeder Auswahl zu haben waren. Aladin durfte aussuchen, was ihm gefiel, und der Zauberer kaufte alles, ohne zu feilschen, gegen bare Bezahlung. So war denn das Glückskind von Kopf bis Fuß stolz gekleidet und dankte dem Oheim aufs Wärmste, der sich auch ferner seiner anzunehmen versprach. Zunächst nahm er ihn mit sich zum Essen, zeigte ihm dann die schönsten Häuser und Warengewölbe der Stadt, führte ihn auch in die Räume des königlichen Palastes, zu denen man freien Zutritt hatte, und begleitete ihn zuletzt zu seiner Mutter zurück. Die gute Frau war außer sich vor Freude, als sie ihren Sohn in so schönen Kleidern erblickte und flehte den Segen des Himmels auf den freigebigen Schwager herab. »Aladin ist ein guter Junge«, sagte dieser; »er hört auf mich, und ich glaube, wir können etwas Tüchtiges aus ihm machen. Bis jetzt ist er nur mit ungeschliffenen Kindern zusammen gewesen, nun muss er auch erwachsene Menschen sehen und Lebensart lernen. Dafür will ich besorgt sein; aber morgen, wo es Feiertag ist, wie ich soeben erfahren habe, will ich mit ihm einen Spaziergang in die herrliche Umgebung der Stadt machen, die ihm ja noch ganz fremd ist.«

Aladin freute sich über die Maßen auf diesen Ausflug und stand schon in aller Frühe vor dem Haus, um den Oheim zu erwarten, wie ihn dieser geheißen hatte. Seine Ungeduld wurde auf keine zu lange Probe gesetzt, denn der Zauberer stellte sich pünktlich ein. »Guten Morgen, lieber Junge«, sagte er mit lächelnder Miene, »sieh einmal zu; heute werde ich dir schöne Sachen zeigen.« Und nun ging's hinaus durch Anlagen und Gärten, an Palästen und Landhäusern vorbei, durch schattige Parks mit Springbrunnen, kleinen Tempeln und Seen, die von bewimpelten Nachen und seltensten Schwimmvögeln belebt waren. Für Aladin war dies alles neu und im höchsten Grade entzückend, und da der Oheim das Geld nicht sparte, fanden die Wanderer überall Zutritt, auch ausgesuchte Erfrischungen, wo sie, sooft sie müde waren, ausruhen und sich erquicken konnten. So merkte Aladin gar nicht, wie weit die Stadt schon hinter ihm lag; erst als man

die Ebene zurückgelegt hatte und sich auf einmal von Bergen eingeschlossen sah, wurde er stutzig. »Wohin gehen wir denn, lieber Oheim?«, fragte er den Zauberer. »Wenn wir uns noch weiter entfernen, weiß ich nicht, ob ich noch Kräfte genug haben werde, in die Stadt zurückzukehren.« – »Nur den Mut nicht verloren!«, antwortete der falsche Oheim. »Ich will dir noch einen Garten zeigen, mein Junge, der alle, die du bis jetzt gesehen hast, an Schönheit weit übertrifft; er ist ganz in der Nähe.« Aladin ließ sich überreden, und der Zauberer führte ihn noch sehr weit hinaus, wusste aber den Weg mit der Erzählung von anmutigen Geschichten zu verkürzen. Endlich gelangten sie in eine abgesonderte Talschlucht, und dies war der Ort, wohin der Zauberer Aladin hatte bringen wollen, um den großen Plan mit ihm auszuführen, um dessentwillen er von Afrika bis nach China gereist war. »Hier sind wir am Ziel«, sagte er zu Aladin, der sich kaum noch auf den Beinen erhalten konnte. »Ich werde dich Wunderdinge sehen lassen, die noch kein Sterblicher erblickt hat. Während ich jetzt mit dem Stahl Feuer schlage, suche du trockenes Reisig zusammen und häufe es hier auf, damit wir es in Brand setzen.«

Als die Flamme aufloderte, warf der Zauberer Räucherwerk hinein und murmelte unverständliche Worte dazu; da qualmte gleich ein dicker Rauch empor und wälzte seine Wolken umher, die Erde bebte und öffnete sich ein wenig, und es kam ein Quaderstein zum Vorschein mit einem metallenen Ring in der Mitte, als Handhabe zum Emporheben. Aladin erschrak heftig über diesen unheimlichen Vorgang und wollte die Flucht ergreifen; aber der Zauberer hielt ihn zurück, schalt ihn tüchtig aus und gab ihm einen so derben Backenstreich, dass er vor Schmerz zu Boden fiel. Zitternd und mit Tränen in den Augen rief der arme Aladin: »Was habe ich denn getan, mein Oheim, dass du mich so grausam schlägst? – »Gehorchen sollst du mir, Junge, und nicht widersprechen, denn ich vertrete Vaterstelle an dir!« Dann fügte er in etwas milderem Ton hinzu: »Du musst wissen, mein Sohn, dass unter diesem Stein ein Schatz verborgen liegt, der dich reicher machen wird als alle Könige der Welt. Keinem Menschen auf Erden, mir selbst nicht, nur dir allein ist es gestattet, den Stein zu heben und das unterirdische Schatzgewölbe zu betreten. Also folge meinen Weisungen aufs Pünktlichste! Dein eigenes Lebensglück wie das meinige hängt davon ab.«

Nachdem Aladin von dem Schatz gehört hatte, der ihn so reich machen sollte, war er immer noch verwundert genug, aber auch mit Freuden bereit, sich in jedes Verlangen seines Oheims zu fügen. »Daran tust du wohl, mein Kind«, sagte dieser, indem er ihn umarmte. »Und nun merke auf, was ich dir sage: Fasse den Ring des Steines hier, sprich den Namen deines Vaters und Großvaters und hebe den Stein empor.« Aladin tat so, lüpfte den Stein mit Leichtigkeit und legte ihn beiseite. Da zeigten sich etliche Stufen, die in eine dunkle Höhle hinabführten. »Diese Stufen musst du hinabsteigen, mein Sohn«, fuhr der Zauberer fort. »Vor der letzten Stufe wirst du eine offene Tür finden, die in ein Gewölbe mit drei geräumigen Hallen führt. In jeder dieser Hallen wirst du den Wänden entlang kostbare Vasen voll Gold und Silber erblicken, wovon du aber nichts anrühren darfst; auch nimm dein Kleid knapp an den Leib und sieh dich vor, dass du nirgends anstreifst, denn du würdest sonst augenblicklich tot niederfallen. Am Ende der dritten Halle findest du wieder eine Tür, die dich in einen Garten mit reichbeladenen Obstbäumen führt. Von diesen Früchten darfst du pflücken, soviel dir beliebt. Bist du dann quer durch den

Garten gegangen, so kommst du an eine Treppe von fünfzig Stufen, die du hinaufsteigst. Sobald du oben bist, wirst du eine Nische vor dir sehen und in der Nische eine brennende Lampe. Diese Lampe nimm, lösche sie aus, wirf den Docht samt der brennenden Flüssigkeit auf die Erde, stecke dann die Lampe vorn in dein Kleid und bringe sie mir. Hast du alles erfasst und behalten, mein Sohn?« Die Frage wurde bejaht, und nun zog der Zauberer einen Ring von seinem Finger und steckte ihn als Talisman, der vor allem Unglück bewahre, an einen von Aladins Fingern. »Wohlan! Steige mutig hinab, mein Sohn«, schloss der Zauberer seine Rede; »befolge genau, was ich dir anempfohlen habe, dann haben wir beide für unser ganzes Leben Gold und Edelsteine in Hülle und Fülle.«

Aladin fasste sich ein Herz, begab sich in die nächtliche Höhle hinab, von da in die taghellen Säle, weiterhin in den lichten Garten und fand dort alles, wie es sein Oheim geschildert hatte. Dann holte er die Lampe aus der Nische, löschte und entleerte sie, worauf sie ganz trocken war, so dass er sie, ohne sich zu beflecken, in seinen Busen stecken konnte. Als er auf dem Rückweg an den Fruchtbäumen des Gartens vorbeikam, die er vorher nicht viel beachtet hatte, sah er, dass sie nicht Feigen, Orangen oder Trauben trugen, wie er für seinen lechzenden Gaumen gewünscht hätte, sondern Schmuckstücke von verschiedenen Farben und Formen, weiße, rote, grüne, blaue, gelbliche, violette. Es waren lauter strahlende Diamanten, Rubine, Smaragde, Amethyste und andere kostbare Edelsteine, die aber Aladin nur für gefärbtes Glas hielt und deren Wert er nicht kannte. Dennoch reizte ihn ihre Pracht, soviel davon zu pflücken und zu sich zu stecken, als seine Taschen und die zwei Beutel, die ihm der Zauberer gekauft und umgehängt hatte, irgend fassen mochten. Auch zu der Lampe steckte er von den schimmernden und blitzenden Herrlichkeiten noch das Mögliche hinein und hatte sich so, ohne es zu wissen, mit unschätzbaren Reichtümern beladen. Schnell und mit aller Vorsicht trat er dann den Rückweg an, und am Eingang der Höhle, wo ihn der Zauberer mit Ungeduld erwartete, rief er hinauf: »Bitte, lieber Oheim, reiche mir die Hand und hilf mir ans Licht!« – »Gib mir zuvor die Lampe«, lautete die Antwort, »sie könnte dir hinderlich sein.« – »Verzeih, lieber Oheim«, erwiderte Aladin, »sie hindert mich durchaus nicht: Ich werde sie dir geben, sobald

ich oben bin.« Der Zauberer bestand darauf, dass er die Lampe haben müsse, ehe er ihn aus der Höhle herauszöge, aber Aladin, der die Lampe mit all den Früchten, die er zu sich gesteckt, eng verpackt hatte, weigerte sich hartnäckig, sie herzugeben, bevor er oben wäre. Da geriet der Zauberer in eine unbändige Wut, warf von seinem Räucherwerk in das sorgfältig unterhaltene Feuer, murmelte etliche Beschwörungen, und gleich rückte der Quaderstein an seine vorige Stelle; der Höhleneingang war verschlossen und mit Erde bedeckt, und der ganze Platz sah aus wie am Anfang.

Der afrikanische Zauberer war ja beileibe kein Bruder des Schneiders Lutschu, folglich auch nicht Aladins Oheim, für den er sich ausgegeben hatte. Seine Heimat war Ägypten, und dort hatte er beim Durchforschen seiner Zauberbücher gefunden, dass es irgendwo in der Welt eine Wunderlampe gebe, deren Besitz ihn mächtiger als alle Könige der Erde machen würde, wenn er ihrer habhaft werden könnte. Durch unablässiges Grübeln und Rechnen hatte er dann endlich herausgebracht, dass sich die Lampe an einem unterirdischen Ort mitten in China befinde, und zwar in der Gegend, die wir soeben

kennen lernten. Im Vertrauen auf dieses Wissen hatte der Zauberer die weite Reise unternommen und war in die Stadt gekommen, die in der Nähe seines Schatzes lag. Doch durfte er nicht selbst unter die Erde steigen und die Lampe heraufholen, darum wählte er den Schneiderjungen als ein, wie er meinte, gefügiges Werkzeug, ihm diesen Dienst zu leisten. Dabei war er fest entschlossen, sobald er die Lampe in den Händen hätte, durch seinen Zauber die Höhle zu verschließen und Aladin, um an ihm keinen Zeugen seines Geheimnisses zu haben, darin umkommen zu lassen. Durch jenen Backenstreich hatte er den Jungen einschüchtern wollen, dass er ihm unweigerlich gehorche und die Wunderlampe ausliefere, sobald er sie fordern würde. Aber mit Aladins starrem Eigensinn, dessen Hauptuntugend, hatte er so wenig gerechnet wie mit seinem eigenen Jähzorn. Und nun musste er unverrichteter Dinge nach Ägypten zurückkehren, denn das erste Fehlschlagen seines Unternehmens war mit aller Zauberkunst nicht wieder gutzumachen. In seinem Zorn hatte er auch vergessen, dass er seinem sogenannten Neffen vor dem Hinabsteigen in die Höhle einen Ring an den Finger gesteckt, der ihn vor jedem Unheil schützen

würde. Diesem Talisman, dessen Kräfte Aladin nicht kannte, sollte nun der lebendig Begrabene seine Rettung zu verdanken haben.

Wohl hundertmal rief der Unglückliche, als sich der Stein über ihm geschlossen hatte, den Namen Oheim und beteuerte, dass er ihm die Lampe sogleich hinaufreichen wolle, aber hundertmal rief er umsonst. Seine Stimme drang nicht durch das Gemäuer, und dumpfe Finsternis umnachtete ihn. Die Tränen flossen ihm stromweise herab, und als er sie endlich getrocknet hatte, stieg er wieder die Höhlentreppe hinunter, um wenigstens in den lichten Baumgarten zu gelangen. Aber der Eingang zu den Hallen, der sich ihm das erste Mal durch Zauber aufgetan hatte, war durch neuen Zauber unfindbar verschlossen; all sein Suchen und Umhertasten stieß nur auf starren Fels. Aladin weinte und schrie aufs Neue, bis er in Verzweiflung auf die Stufen der Höhle niedersank; denn nun war es entschieden, dass er hier in der Grabesnacht eines elenden Todes sterben müsse.

Von Hunger und Durst gequält, hatte Aladin in diesem trostlosen Zustand nun schon zwei Tage verseufzt. Endlich am dritten Tag, wo er seinen Tod für unvermeidlich hielt, hob er die ge-

falteten Hände empor und rief mit völliger Ergebung in sein Schicksal: »Es gibt kein Heil und keine Rettung als bei Gott, dem allmächtigen Herrn der Welt!« Indem er inbrünstig betend seine Hände krampfhaft zusammenpresste, rieb er, ohne daran zu denken, an jenem Ring, den ihm der Zauberer angesteckt hatte, worauf alsbald ein Geist von riesenhafter Gestalt mit Fledermausflügeln und furchtbarem Aussehen vor ihm aus dem Boden stieg und folgende Worte sprach: »Gebiete mir! Ich bin bereit, dir zu gehorchen als dein Sklave und als Sklave aller derer, die den Ring am Finger haben, sowohl ich als die anderen Sklaven des Ringes.«

Dass Aladin beim Anblick dieser schrecklichen Erscheinung nicht von Sinnen kam, das machte die schauerliche Lage, in der er sich schon tagelang befand, und die Vertrautheit seiner Gedanken mit dem Grässlichsten; darum konnte er dem Geist ohne Scheu antworten: »Wer du auch seist, hilf mir aus diesem Orte, wenn du es vermagst.« Und kaum hatte er diese Worte gesprochen, so öffnete sich die Erde, und er befand sich, sanft emporgehoben, außerhalb der Höhle, gerade an der Stelle, wohin ihn der Zauberer geführt hatte. Anfangs konnte er das

Tageslicht kaum ertragen; erst nach und nach gewöhnte er sich daran, und nun nahm er den Rest seiner Kräfte zusammen, um sich den weiten Weg nach Hause zu schleppen.

Sobald Aladin in das Zimmer seiner Mutter, die unsägliche Angst um ihn ausgestanden hatte, eingetreten war, fiel er aus Freude über das Wiedersehen und vor Erschöpfung aller seiner Kräfte in eine Ohnmacht, die ziemlich lange anhielt. Die mütterliche Pflege brachte ihn endlich wieder zu sich, und da waren seine ersten Worte, die er vorbringen konnte: »Liebe Mutter, vor allem gib mir zu essen; ich habe seit drei Tagen nichts über die Lippen gebracht.« Er aß und trank auf den Rat seiner Mutter nur mäßig und in Pausen, so heftig auch seine Gier war, und als er sich gestärkt genug fühlte, erzählte er zur größten Verwunderung wie zum Schrecken und Abscheu seiner Mutter alles, was ihm mit dem falschen Oheim begegnet war; dann fiel er in einen tiefen Schlaf, aus dem er erst spät am anderen Morgen erwachte. Gleich verlangte er wieder zu essen, doch fand sich kein Bissen Brot mehr im Hause, auch kein Pfennig Geld, welches zu kaufen. Da sagte die Mutter, sie wolle gehen, etwas gesponnene Baumwolle, die sie noch liegen

habe, zu verkaufen und Esswaren dafür heimbringen; aber Aladin meinte, es sei besser, man verkaufe die Lampe, die er mitgebracht habe, und die ihnen doch zu nichts diene. Die Mutter holte die Lampe herbei, und, um sie erst etwas blanker zu machen, rieb sie daran – hu! Da erschien augenblicklich ein Geist von abscheulicher Riesengestalt vor ihr und sprach mit Donnerstimme: »Was willst du? Ich bin bereit, dir zu gehorchen als dein Sklave und als Sklave aller derer, die diese Lampe in der Hand haben, sowohl ich als die anderen Sklaven der Lampe.« Die arme Frau fiel vor Entsetzen ohnmächtig zur Erde; Aladin hingegen, der schon in der Höhle eine ähnliche Erscheinung hatte, besann sich schnell, nahm die Lampe in die Hand und antwortete statt seiner Mutter furchtlos: »Ich bin hungrig, bringe mir etwas zu essen.« Der Geist verschwand und kam nach einigen Augenblicken zurück mit einem großen silbernen Tablett auf dem Kopf, worin sich zwölf verdeckte Schüsseln vom gleichen Metall voll der ausgesuchtesten Speisen nebst Wein und Brot befanden; auch trug er zwei silberne Schalen in der Hand, setzte alles auf den Tisch und verschwand im Nu wieder. Die Ohnmächtige wurde durch kaltes Was-

ser, das ihr Aladin ins Gesicht spritzte, bald wieder zu sich gebracht, dann sagte er: »Liebe Mutter, es ist weiter nichts, steh auf und erquicke dich: Hier sind Sachen genug zur Herzstärkung. Wir wollen diese köstlichen Speisen, die so lieblich duften, nicht kalt werden lassen.« Hocherstaunt über das prächtige Tafelgeschirr sagte die Mutter: »Mein Sohn, woher kommt uns diese Herrlichkeit? Ich traue meinen Augen nicht.« – »Liebe Mutter«, erwiderte Aladin, »vor allem wollen wir unser Mahl einnehmen, dessen wir beide dringend bedürfen; nachher will ich deine Frage beantworten.« Sie aßen nun von den Speisen und tranken von dem Wein mit größtem Behagen, aber immer wieder musste Aladins Mutter die glänzenden Schüsseln und Schalen bewundern, obwohl sie so wenig wie ihr Sohn ein Verständnis von dem Wert des Metalls hatte.

Als sie sich gesättigt hatten, war noch genug für eine zweite und eine dritte Mahlzeit übrig, wozu sie den Überrest sorgsam aufbewahrten. Nun aber durfte Aladin die Neugierde seiner Mutter nicht länger hinhalten, und er teilte ihr alles umständlich mit, was während ihrer Ohnmacht zwischen ihm und dem Geist vorgegangen war. »Also deine Lampe ist schuld, dass mich die-

ses Ungeheuer fast ums Leben gebracht hätte? Ach, lieber Sohn, schaffe sie je eher, je lieber fort, wohin du willst; ich möchte nicht noch einmal von ihrer Berührung solche Todesangst erleiden. Folge mir und beseitige auch den Ring, von dem du mir gesagt hast; man muss keinen Verkehr mit Geistern haben, es sind leibhaftige Teufel, Höllenboten, und führen uns sicher ins Verderben.« – »Mit deiner Erlaubnis, liebe Mutter«, versetzte Aladin, »werde ich mich wohl hüten, diese Lampe, die uns beiden so nützlich gewesen ist und es von neuem werden kann, wegzugeben, wie ich vorhin im Sinne hatte. Der ägyptische Zauberer hat nicht umsonst die weite Reise unternommen, um das wunderbare Ding in seinen Besitz zu bringen, das er als den Schatz der Schätze recht wohl kannte. Da du aber so große Angst vor Geistern hast, will ich dir die Lampe aus den Augen bringen und sie an einem Ort verbergen, wo ich sie finden kann, wenn ich sie brauche. Auch von dem Ring kann ich mich unmöglich trennen. Ohne ihn hättest du mich nie wieder gesehen, und wer weiß aus welcher Gefahr, von der wir jetzt keine Ahnung haben, er uns einmal erretten kann.« Gegen diese Bemerkungen ihres Sohnes wusste die Mutter nichts

Schlagendes vorzubringen, darum sagte sie nur: »Lieber Sohn, du kannst handeln, wie du es für gut hältst; ich für meinen Teil mag nichts mit Geistern zu tun haben und werde auch nie mehr mit dir davon sprechen.«

In dem Haus der Schneiderswitwe gab es nun keinen Mangel mehr wie in früheren Zeiten. Aladin war durch einen ehrlichen Goldschmied, den er hatte kennenlernen, über den hohen Goldwert der metallenen Gefäße belehrt worden, und so verkaufte er sie Stück um Stück für beträchtliche Summen. Waren die Schüsseln und Schalen aufgezehrt, so rieb er die Lampe wieder, und der dienstbare Geist brachte ebensoviel neue, die auch nach und nach zu Geld gemacht wurden. Übrigens fuhr Aladins häusliche Mutter trotzdem fort, ihre Baumwolle zu spinnen und erlaubte sich keinerlei unnötigen Aufwand, weder in Wohnung noch Kleidung. Der Sohn aber begann sich endlich seines müßiggängerischen Lebens zu schämen. Er suchte den Umgang angesehener und erfahrener Personen und bildete sich mit der Zeit zu einem feinen Weltmann aus. Auch mit den vornehmsten Juwelen-Händlern der Königsstadt kam er in Verkehr und erfuhr bei der Gelegenheit, dass jene bunten Früchte, die er in dem Zaubergarten gepflückt, äußerst kostbare Edelsteine wären und keine wertlosen Zierraten, für die er sie bisher gehalten hatte. Doch war er klug genug, niemand etwas davon zu sagen, selbst seiner Mutter nicht, und diesem Stillschweigen verdankte er wohl das hohe Glück, zu dem wir ihn bald emporsteigen sehen.

So waren Jahre hingegangen, und als Aladin einmal in der Stadt spazieren ging, hörte er einen Befehl des Königs ausrufen, dass jedermann seinen Laden und seine Haustür schließen und sich in das Innere seiner Wohnung zurückziehen solle, bis die Prinzessin Sonnwang, die Tochter des Königs, die im Flusse baden wolle, vorübergegangen und wieder in den Palast zurückgekehrt sein würde. Diese Verkündigung war der Sitte gemäß und hatte nichts Auffallendes, aber in Aladin, der schon oft und viel von der unvergleichlichen Schönheit der Königstochter gehört hatte, weckte sie den Wunsch, ihr Antlitz einmal entschleiert zu sehen. Dieser Wunsch wurde zuletzt so mächtig in ihm, dass er ihm den Schlaf raubte, und er beschloss, da jeder andere Weg verschlossen war, den Geist der Lampe zum Dienst zu rufen. Er rieb die Lampe, der Geist erschien im Augenblick, sprach die bekannten

Worte der Ergebenheit und versetzte Aladin auf sein Begehren an eine Stelle von Sonnwangs Gemach, wo er, von ihr ungesehen, sie betrachten konnte, als sie sich eben entschleierte, worauf ihn der Geist wieder nach Hause zurückversetzte. Von Stund an hatte Aladin keinen andern Gedanken, kein anderes Streben mehr, als bei dem König um die Hand seiner Tochter anzuhalten.

Er sprach sich gegen seine Mutter darüber aus, die zuerst meinte und meinen musste, er sei verrückt geworden. »Was fällt dir denn ein, mein Sohn?«, sagte sie. »Bist du wahnsinnig geworden, dass du solche närrische Reden führst?« – »Liebe Mutter«, antwortete Aladin, »ich kann dir versichern, dass ich bei gutem Verstande bin. Ich habe mir im voraus gedacht, du wirst mich töricht und albern und noch viel schlimmer nennen, wenn ich dir mein Anliegen offenbarte, allein ich muss dir aufs Feierlichste erklären, dass ich hell bei Sinnen bin und dass mein Entschluss unerschütterlich feststeht.« – »Wie kannst du dich so vergessen, mein Sohn«, erwiderte die Mutter, »dass du aus deiner Niedrigkeit deine Wünsche zu der Tochter unseres Königs erhebst? Und durch wen in aller Welt«, setzte sie hinzu, »wolltest du dem König deine Bitte vortragen lassen?« – »Durch niemand sonst als durch dich selbst«, antwortete der Sohn ohne Umschweife. – »Durch mich?«, rief die Mutter ganz entsetzt. »Ich soll mit diesem aberwitzigen Auftrag an den Hof gehen? O, ich werde mich wohl hüten. Und wer bist du denn, mein Sohn, um es

noch einmal zu sagen, dass du die Kühnheit haben dürftest, der Tochter des Königs einen Heiratsantrag zu machen? Du, der Sohn des geringsten Schneiders seiner Hauptstadt?« – »Liebe Mutter«, versetzte Aladin, »ich weiß recht gut, was du mir alles einwenden könntest, dem ungeachtet wiederhole ich dir mit aller schuldigen Ehrerbietung meine Bitte, und du kannst sie mir nicht abschlagen, wenn du mich nicht hinwelken und in Kürze sterben sehen willst.«

Die verständige Frau mochte noch Gründe vorbringen, welche sie wollte, so hatte Aladin seine Gegengründe bei der Hand; endlich ermüdete sie an dem unbeugsamen Widerstand ihres Sohnes und ergab sich in seinen Willen, zumal da er sichtlich zu kränkeln anfing. Es tröstete sie, dass sie nicht mit leeren Händen vor dem Thron erscheinen musste, denn Aladin hatte zur Huldigungsgabe ein Porzellangefäß mit einem Teil der herrlichen Edelsteine gefüllt, die er aus dem Zaubergarten mitgebracht, und sicher hatte der König nichts dieser Pracht zu Vergleichendes in seiner Schatzkammer.

So begab sich denn Aladins Mutter am nächsten Audienztag schweren Herzens mit ihrem in Leinwand gehüllten Geschenk in den Palast;

aber bevor die Reihe des Sprechens an sie kam, entfernte sich der König, durch die Menge der Gehörsuchenden ermüdet, mit seinem Minister und den andern Räten, und die Frau musste unverrichteter Dinge heimkehren. Diese Fehlgänge wiederholten sich zu Aladins größtem Verdruss wohl zehnmal, und sie hätten sich vielleicht hundertmal wiederholt, wenn dem König nicht zuletzt die Frau aufgefallen wäre, die sich mit einem verhüllten Gegenstand in Händen immer und immer wieder dem Thron gegenüber aufstellte. Da sagte er eines Tages, als er nach aufgehobener Sitzung in seine Gemächer zurückkehrte, zu seinem Minister: »Schon seit einiger Zeit bemerke ich eine Bürgersfrau, die regelmäßig jeden Tag, wo ich Audienz erteile, in den Diwan kommt und etwas von Leinwand Umgebenes in Händen hält. Sie bleibt vom Anfang bis zum Ende der Sitzung wie angewurzelt stehen, und zwar immer gerade mir gegenüber. Weißt du wohl, was ihr Begehr ist?« Der Gefragte, der so wenig wusste als der Frager, wollte gleichwohl die Antwort nicht schuldig bleiben und sagte: »Herr, es ist dir bekannt, dass die Weiber aus dem Volk oft wegen der geringfügigsten Sachen deine Entscheidung anrufen. Wahrscheinlich hat man ihr ein Küchengerät gestohlen oder sonst ein Unrecht zugefügt, das ebenso wenig von Belang ist.« Der König war mit dieser Antwort nicht zufrieden und sagte: »Wie dem auch sei, wenn diese Frau am nächsten Audienztag wieder erscheint, so vergiss nicht, sie heranzurufen, damit ich ihr Anliegen vernehme.« Der Minister küsste seines Gebieters Hand und legte sie auf seinen Kopf, zum Zeichen, dass er bereit sei, ihn sich abschlagen zu lassen, wenn er diesem Befehl nicht gehorche.

Demgemäß trat das nächste Mal der oberste der Türsteher zu Aladins Mutter und gab ihr ein Zeichen; sie folgte ihm bis an den Fuß des königlichen Thrones, wo er sie verließ. Hier machte sie es wie die vielen anderen Bittsteller, die sie beobachtet hatte, warf sich ehrfurchtsvoll nieder, berührte mit ihrer Stirn den Teppich, der die Stufen des Thrones bedeckte, und blieb in dieser Stellung, bis der König sie aufstehen hieß. Dann sprach er zu ihr: »Gute Frau, ich sehe dich schon lange Zeit hier in meinen Diwan kommen und unermüdlich mir gegenüberstehen. Welche Angelegenheit führt dich hierher?« – Da fasste sich die Frau ein Herz und sprach: »Erhabenster aller Könige der Welt! Bevor ich dir die außerordentliche und fast unglaubliche Sache erzähle, die mich vor dein Angesicht führt, bitte ich dich, mir die Kühnheit, ja, ich möchte sagen, die Dreistigkeit des Anliegens zu verzeihen, das ich dir vortragen will. Es ist so ungewöhnlich, dass ich ihm nur mit Zittern und Zagen Worte verleihen kann.« Darauf hieß der König alle Anwesenden den Saal verlassen und sagte zu ihr, sie könne jetzt ohne Furcht sprechen, und es solle ihr nicht das geringste Leid widerfahren, was auch aus ihrem Munde komme. Durch diese Zusicherung beruhigt fing sie an, aufs Treuherzigste zu erzählen, dass ihr Sohn Aladin Gelegenheit gefunden habe, die Prinzessin Sonnwang ohne Schleier zu sehen, und dass ihn seit dieser Zeit einzig und allein der Wunsch beherrsche, die Prinzessin zur Gemahlin zu bekommen, obwohl sie sich alle bedenkliche Mühe gegeben habe, ihm den unsinnigen und frevelhaften Gedanken auszureden. Aladin habe unerschütterlich auf seiner Leidenschaft beharrt. »Ja, er hat mir gedroht«, setzte sie hinzu, »sich ein Leid anzutun, wenn ich mich weigerte, großmächtiger König, zu dir zu gehen und für ihn um die Prinzessin anzuhalten.«

Gegen alles Erwarten hörte der König die Herzensergießung der Schneiderswitwe an,

ohne den mindesten Unwillen zu verraten. Bevor er aber der Frau seinen Bescheid gab, fragte er sie, was sie denn in ihrem Tuch verberge. Sogleich nahm sie das Porzellangefäß aus der Umhüllung und stellte es vor dem König hin, der einen Ausruf des Erstaunens und der Verwunderung um den andern hören ließ, als er so viele Edelsteine erblickte, und noch dazu von einer Größe und einem Feuer, wie sein Auge noch nie zuvor gesehen hatte. Der Minister teilte das Entzücken seines Gebieters und gestand, dass diese Pracht über alle Vorstellung gehe. »Nicht wahr? Nicht wahr?«, versetzte der König, der in trunkener Freude die Wundergebilde, eines nach dem anderen, durch seine Finger gleiten ließ und nicht wusste, welcher von den leuchtenden Farben er den Vorzug geben sollte. »Ist das nicht ein Geschenk wie vom Himmel gefallen für meine Tochter, und verdient der Geber eines solchen Brautschatzes nicht, mein Eidam zu heißen?« Bei diesen Worten zuckte es giftig durch das Gesicht des Ministers, denn er hatte nicht vergessen, dass ihm Prinzessin Sonnwang in gnädiger Stunde für seinen eigenen Sohn versprochen worden war. Rasch besonnen flüsterte er deshalb dem König zu, er möge sich ja nicht

übereilen, von den Eigenschaften des jungen Mannes habe man nicht die mindeste Kenntnis, und die Hand der schönsten Königstochter unter der Sonne, wofür Prinzessin Sonnwang vor aller Welt gelte, sei doch noch einen höheren Preis wert. Dies leuchtete dem Stolz des Königs ohne weiteres ein; er trat einige Schritte mit dem Minister zurück und sagte: »Du hast ganz Recht, und was meinst du nun, das ich Höheres fordern solle?« – »Wenn ich dir treulich raten soll, o Herr und König, so verlange noch vierzig goldene Vasen mit solchen Edelsteinen gefüllt, und gebracht sollen sie dir werden von vierzig schwarzen Sklaven unter dem Geleite von vierzig jungen, schönen und reichgekleideten weißen Sklaven.« Durch diese ihm unerfüllbar scheinende Bedingung glaubte der Minister, den verhassten Werber unfehlbar zu beseitigen, der König aber schmeichelte sich mit dem Gedanken, dass dem Verlangen vielleicht doch genügt werde, gab es der Frau kund und versprach auf sein königliches Wort, ihrem Sohn gegen diese Leistung die Prinzessin zur Ehe zu geben. »Bringe mir bald seine Antwort«, setzte er hinzu und entließ die erfreute Mutter in Gnaden.

Inzwischen harrte Aladin mit fieberhafter Ungeduld der Heimkehr seiner Mutter. Als er sie mit leerem Tuch des Weges kommen sah, durfte er nicht zweifeln, dass der König das Geschenk angenommen habe, und aus ihrer frohen Miene, ihrem leichten, beflügelten Schritt, wollte er in seiner Überkühnheit gar Hoffnung schöpfen, dass seinem Gesuch willfahrt worden sei. Doch die Heiterkeit der Frau entsprang einer anderen Quelle: Erstens war ihr eine Zentnerlast vom Herzen, dass ihr der tolle Auftrag keine Strafe zugezogen, wie sie gefürchtet hatte, und zweitens glaubte sie, ihr Sohn werde zur Vernunft kommen und von seiner wahnwitzigen Brautwerbung abstehen, wenn er das Unmögliche höre, das von ihm gefordert werde. »Mein Sohn«, schloss sie ihre Erzählung, »der König erwartet bald eine Antwort, aber mich dünkt, er wird bis an das Ende aller Tage warten müssen.« – »Weit gefehlt!«, erwiderte Aladin mit der freudigsten Zuversicht. »Wenn der König meint, er könne mich durch die vierzig goldenen Vasen und achtzig Sklaven, die er verlangt, abschrecken, so täuscht er sich gewaltig. Ich will sogleich darauf sinnen, wie ich ihm gerecht werden kann; du aber, liebe Mutter, sei so gut und geh inzwischen auf den

Markt, um für unser Mittagessen einzukaufen, denn deine Nachrichten haben meinen Appetit eher gereizt als geschwächt.« Die Frau wusste vor Erstaunen nicht, was sie auf diese Rede erwidern sollte; es war so fest und siegesgewiss gesprochen, und der Sprecher hatte sie so sehr im Bann, dass sie schweigend, wenn auch kopfschüttelnd, ihren Marktkorb an den Arm nahm und das Haus verließ.

Nun holte Aladin seine Lampe aus dem geheimen Winkel hervor, wo er sie versteckt hatte, rieb sie, und augenblicklich erschien der Geist und bot mit den gewöhnlichen Worten seine Dienste an. »Brav so«, sagte Aladin. »Höre an! Der König will mir seine Tochter zur Frau geben, dagegen verlangt er von mir vierzig goldene Vasen, mit den Früchten des Gartens gefüllt, aus dem ich die Lampe geholt habe, deren Sklave du bist. Und gebracht sollen sie ihm werden von vierzig schwarzen Sklaven unter dem Geleit von vierzig jungen, schönen und reichgekleideten weißen Sklaven. Geh und schaffe mir dies alles ohne Verzug herbei.« – »Du befiehlst, ich gehorche«, antwortete der Geist, verschwand und kehrte mehrmals zurück, bis sich alles Genannte, so herrlich, als es irgend zu denken und zu wünschen war, in Aladins Wohnung beisammen fand.

Wie erstaunte seine Mutter, als sie, vom Markt zurückkehrend, ihr Haus in allen Räumen von einer Dienerschaft angefüllt sah, die in bunter Seide, in Gold und Perlen strahlte, wie kaum das Gefolge des Herrschers von Indien, dazu die prächtigen Vasen, die sie trugen, voll blitzender Edelsteine! Aber Aladin ließ ihr nicht viel Zeit, ihrer Verwunderung Ausdruck zu geben. »Es eilt, liebe Mutter«, sagte er, »der König wartet auf Antwort, kehre gleich in den Palast zurück und übergib ihm das verlangte Geschenk!« Da traten auch schon die Sklaven paarweise aus dem Hause, immer ein weißer mit einem Goldgefäß tragenden schwarzen. Die Straßen, durch die der Zug ging, wimmelten bald von staunendem und in Freudenrufe ausbrechendem Volk; denn ein Schaugepränge, so wunderbar wie dieses, hatte noch niemand gesehen. Der Zug bewegte sich durch die Hauptpforte des Palastes in den inneren Hof und von da die breite Marmortreppe hinauf in den Thronsaal, wo sich die achtzig Sklaven mit ihren vierzig Vasen in der schönsten Ordnung aufstellten. Die Schneiderswitwe aber warf sich vor dem Throne nieder und sprach:

»Erhabener König und Herr! Sieh hier die Gaben, die du von meinem Sohne verlangt hast, nimm sie gnädig an und gedenke deines Versprechens.« Der König, über die Maßen entzückt von der Pracht und dem Reichtum, die ihm entgegenstrahlten, fand seine Erwartungen in so hohem Grade übertroffen, dass er lange Zeit sprachlos blieb. Endlich sagte er zu seinem Minister: »Ist jemals einem Fürsten eine reichere Gabe dargebracht worden, und muss der Mann, der sie mir sendet, wer er auch sei, nicht verdienen, mein Eidam zu werden?« Der Minister konnte angesichts dieses zauberhaften Brautschatzes, der Millionen an Wert in sich barg, nicht widersprechen und erwiderte, so sauer es ihm ankam: »Ich bin der gleichen Meinung, Herr, und kann deine Tochter nur glücklich preisen, wenn ihr ein Gemahl zuteil wird, der über solche erstaunlichen Wunder verfügt.« Darauf wandte sich der König an Aladins Mutter und sagte: »Ich bin mehr als befriedigt, gute Frau! Geh also zurück zu deinem Sohne und heiße ihn je eher, je lieber zu mir kommen, dass ich ihn meiner Tochter als ihren Bräutigam vorstelle.«

Die Schneiderswitwe, die auf einmal zur Schwiegermutter einer Prinzessin geworden war, ging mehr im Traum als wachend nach Hause, und Aladin strahlte vor Freude und Glück und atmete hoch auf, als er die Einladung zu Hofe, die sie ihm brachte, vernahm. Er begab sich gleich in sein Zimmer, rieb die Lampe und sagte zu dem erschienenen Geist: »Bereite mir flugs ein Bad, und sobald ich es genommen habe, bringe mir Gewänder, so reich und prächtig, wie sie nur jemals ein König getragen hat.« Sein letztes Wort war noch nicht verhallt, so fand er sich schon in der lauwarmen Flut eines schimmernden Marmorbeckens, von unsichtbaren Händen aufs Anmutigste bedient, ebenso nachher beim Anlegen der schon bereitgehaltenen Prachtgewänder; und kaum war er wahrhaft königlich gekleidet und geschmückt, so sah er sich wieder nach Hause versetzt, und der Geist stand vor ihm und fragte nach seinen weiteren Befehlen. »Säume nicht«, gebot Aladin, »und führe mir ein Pferd herbei, von der edelsten Zucht, dessengleichen der König selber keins in seinem Marstall hat. Dies Pferd sei aufs Kostbarste ausgerüstet, so dass Decke, Sattel, Zäume und der übrige Schmuck mindestens eine Million wert sind. Auch zwanzig Sklaven will ich haben, so wohlgestaltet und reichgekleidet wie die, die die goldenen Vasen in den Palast trugen. Diese Sklaven sollen mir als Gefolge zur Seite gehen, dazu zwanzig weitere, ebenso prächtig ausgestattete Diener, die in zwei Reihen vor mir herziehen sollen. Für meine Mutter aber schaffe sechs Sklavinnen herbei, gleich denen, die die Prinzessin Sonnwang bedienen, und jede von ihnen soll einen weiblichen Prachtanzug auf dem Kopf tragen. Endlich brauche ich zehn Beutel, von denen jeder tausend Goldstücke enthält. Nun mache dich auf, und bring eilig das Verlangte!«

Dem Geist der Lampe brauchte Geschwindigkeit nicht erst empfohlen zu werden, denn die war seines Amtes, das nur nach Sekunden rechnete. Das stolze Ross wieherte schon vor der Tür und erwartete ungeduldig seinen Reiter. Nachdem Aladin seiner Mutter vier von den zehn Beuteln für ihre täglichen Ausgaben eingehändigt hatte, befahl er den Sklaven, die übrigen sechs zu sich zu nehmen und daraus mit vollen Händen unter das Volk zu streuen, wenn er durch die Straßen zöge. Dann setzte er seinen Fuß in den goldenen Bügel und schwang sich in den Sattel. Wie er die Jahre her nicht versäumt hatte, seinen Geist auszubilden, so hatte er sich auch den Leibesübungen mit allem

Eifer hingegeben und namentlich im Fechten und Reiten eine große Gewandtheit erlangt. Daher lenkte er jetzt sein edles Pferd mit einem Anstand durch die Straßen wie ein geborener Prinz, dass ihn alles Volk bewunderte und bejubelte und dem Gerücht, das sich verbreitet hatte, dieser Jüngling sei der Prinzessin Sonnwang zum Gemahl bestimmt, gern Glauben schenkte. Als nun gar der Goldregen unter die Menge niederfunkelte, wuchs das Gedränge und Gejauchze von Minute zu Minute, und die Sklaven hatten die größte Not, ihrem Herrn den Weg offenzuhalten. Endlich mündete der Zug in den Palast, wo sich Aladin durch einen vorausgesandten Läufer hatte ansagen lassen. Ein lärmender Tusch von Trompeten, Pauken und Zimbeln empfing ihn dort, königliche Trabanten halfen ihm absteigen, und als er den Audienzsaal betreten hatte, stieg der verwunderte und überraschte König einige Stufen des Thrones herab, damit sich ihm Aladin nicht zu Füßen werfen und er ihn freundschaftlich umarmen konnte. Dann fasste der König Aladins Hand und nötigte ihn, der sich ehrerbietig sträubte, hinaufzusteigen und zwischen ihm und dem Minister Platz zu nehmen.

Einige Augenblicke betrachtete man sich gegenseitig mit Schweigen; dann nahm Aladin das Wort und sprach ohne Stocken mit wohllautender Stimme: »Königlicher Herr! Ich nehme die Ehre, die du mir erzeigst, voll Dankes an, weil es dir in deiner Gnade gefällt, sie mir zu erweisen; gestatte mir aber, dir zu sagen, dass ich nicht vergessen habe, dass ich dein geborener Sklave bin, dass ich die Größe deiner Macht kenne und wohl weiß, wie tief mich meine Herkunft unter die Erhabenheit deines Ranges stellt. Lass mich Verzeihung finden für die Vermessenheit, großer König, mit der ich es gewagt habe, meine Wünsche bis zu der unvergleichlichen Prinzessin, deiner angebeteten Tochter, zu erheben, lass es mich aber auch aussprechen, dass ich vor Schmerz sterben würde, wenn ich nicht hoffen dürfte, meine Sehnsucht gestillt zu sehen.«

Diese Rede machte den günstigsten Eindruck auf den König; er umarmte den Sprecher abermals und versicherte ihm, dass er jetzt schon sein ganzes Zutrauen gewonnen habe, und dass sich ihm gewiss auch das Herz seiner Tochter zuneigen werde. In diesem Augenblick trat der Zeremonienmeister herzu und meldete, dass das Mahl aufgetragen sei; da nahm der König seinen Gast bei der Hand und geleitete ihn, von den Höflingen gefolgt, in einen benachbarten Saal, aus dem eine sanfte Musik herübertönte. Der König und Aladin speisten an einem besonderen Tisch, und bald war die lebhafteste Unterhaltung zwischen ihnen im Gang. Dabei zeigte der Jüngling so viel Verstand und Einsicht, solche Redegewandtheit und Unterhaltungsgabe, dass der König das größte Vergnügen daran fand und die Tafel erst aufhob, als ihm gemeldet wurde, der oberste Richter der Hauptstadt, der zum Aufsetzen des Ehevertrags in den Palast befohlen war, habe sein Geschäft vollendet. Nun begab man sich in ein anderes Zimmer, wo die Urkunde vom Oberrichter vorgelesen, dann vom König, von Aladin und dem ersten Minister unterzeichnet wurde. Sobald dieser Förmlichkeit genügt war, schoben die Türsteher den Teppich, der den Eingang verschloss, beiseite, und die Prinzessin Sonnwang trat inmitten ihrer Frauen herein, und als sie ihren Schleier zurückschlug, ging es wie ein Lichtglanz durchs Gemach. Aladin, den sie schon beim Hereinreiten mit Wohlgefallen durch ihr Gitterfenster bemerkt hatte, sank aufs Knie vor ihr, küsste den Saum ihres Kleides und sprach Worte der innigsten Huldigung. Sie erwiderte mit hol-

dem Erröten, dass sie dem König, ihrem Vater, wie in allem, so auch hierin gehorsam sein wolle, und sagte es in einem Ton und mit einem Lächeln, worin sich kundgab, dass ihr mit diesem Gehorsam kein Opfer auferlegt sei. Nachdem sie auf solche Weise eingewilligt hatte, wurde gleich zur Trauung geschritten, und als diese vollzogen war, gestattete man den Herren und Frauen vom Hofe, dem neuen Paar ihre Glückwünsche darzubringen, die auch von allen aufrichtig gemeint waren, sogar, konnte man glauben, von dem zu kurz gekommenen Minister.

Die Hochzeitsfeier sollte aufs Glänzendste abgehalten werden, sobald die Vorbereitungen dazu im größten Maßstab getroffen wären; inzwischen sollte Aladin samt seiner Mutter Wohnung im Palast nehmen; doch dankte er dem König für dies huldvolle Anerbieten mit den Worten: »Deine Gnade, o Herr, gegen mich Unwürdigen hat keine Grenzen, und was könnte mich mehr beglücken, als sie in ihrem ganzen Umfang zu genießen? Vergönne mir aber noch kurze Frist, bis ich mir einen eigenen Palast erbaut habe, in den ich meine Gemahlin einführen kann, und geruhe, mir dazu einen Platz in der Nähe des deinigen einzuräumen.« – »Gern willfahre ich dir hierin, mein Sohn«, erwiderte der König; »du magst dir selbst die Stelle auswählen, die dir am passendsten scheint.« Hierauf verabschiedete sich Aladin für heute vom Hof, bestieg wieder sein Pferd und kehrte mit seinem Gefolge auf demselben Wege, den er gekommen war, und überall von jubelnden Volksmassen begrüßt, nach Hause zurück. Dort angelangt, nahm er mit seiner überglücklichen Mutter ein bescheidenes Mahl und begab sich dann zur Ruhe; denn sich als Neuling in den zeremoniellen Sitten des Hofes zu bewegen, hatte ihn doch nicht wenig angestrengt.

Am nächsten Morgen war es sein erstes Geschäft, durch Reiben der Lampe seinen dienstbaren Geist herbeizurufen. »Was ich dir heute auftrage«, redete er ihn an, »übersteigt an Schwierigkeit alles Bisherige, aber ich weiß, dass du jeder Anforderung gewachsen bist.« – »Befiehl! Ich gehorche«, antwortete der Geist. – »So höre denn!«, fuhr Aladin fort. »Du sollst mir dem königlichen Schlosse gegenüber einen Palast erbauen lassen, der alle Gebäude der Welt ebenso an Schönheit übertrifft wie meine Gemahlin, Prinzessin Sonnwang, alle Königstöchter der Welt. Bediene dich zum Bau der edelsten Marmorarten, die in unseren Gebirgen zu finden sind, und verwende sie in harmonischer Abwechslung ihrer Farben. Obenauf wünsche ich einen Kuppelsaal mit Wänden aus gediegenem Gold und Silber und mit vierundzwanzig Fenstern, sechs auf jeder der vier Seiten. Eins dieser Fenster bleibe unvollendet, die übrigen sollen in ihrem Rahmen- und Gitterwerk mit Diamanten, Rubinen, Smaragden aufs Kunstvollste verziert sein. Höfe und Gartenbeete dürfen nicht fehlen, ebenso wenig ein Marstall mit allem Zubehör von Pferden, Wagen und Dienern. Im Innern des Palastes soll alles zu einem fürstlichen Haushalt Erforderliche, sowohl Personen als Sachen, in nie gesehener Vollständigkeit und Vollkommenheit vorhanden sein, auch ein Musikkorps mit Instrumenten und – ja nicht zu vergessen – eine Schatzkammer voll gemünzten Goldes und Silbers. Nun geh und kehre zurück, wenn alles vollendet ist, oder vielmehr, ich will dich nicht so oft bemühen: Nimm die kommende Nacht zu deinem Werke, und die nächste Morgensonne bestrahle das fertige Gebäude.« – »So wird es sein«, versicherte der Geist und verschwand.

Tags darauf erhob sich Aladin mit dem ersten Dämmerlicht von seinem Lager und begab sich durch die schweigenden Straßen zu der ausgewählten Baustelle. Da ragte auch schon der Palast in die Höhe, so herrlich, wie ihn kein Traumgesicht hervorzaubern kann. Als sich Aladin der Eingangspforte näherte, erschien der Geist und sprach: »Der Bau ist vollendet; lass dich führen, Herr, ob du mit allem zufrieden bist.« Von Zimmer zu Zimmer, von Stockwerk zu Stockwerk wurde nun alles und jedes beschaut und bewundert, geprüft und gepriesen. »Nur das eine vermisse ich noch«, sagte Aladin zu dem Geist am Schluss ihrer Wanderung – »etwas, woran ich freilich gestern nicht gedacht hatte: ich wünsche nämlich vom Tore des Königspalastes bis zum Eingang der Zimmer, die in diesem Palast für meine Gemahlin bestimmt sind, einen Fußteppich vom schönsten grünen Samt gelegt.« Dies war kaum gesprochen, so verschwand der Geist, und nach einer kleinen Weile sah Aladin seinem

Begehren schon entsprochen, ohne dass er wusste, wie es zugegangen war. Der Geist erschien dann wieder und trug Aladin in demselben Augenblick in seine Wohnung zurück, als die Sonne aufging und die Pforte des Königspalastes geöffnet wurde.

Wie erstaunten die königlichen Pförtner, als sie statt des freien Platzes, den sie sonst beim Heraustreten vor sich hatten, ein Gebäude von majestätischer Gestalt erblickten, zu dem ein prunkhafter Wandelgang hinüberführte! Sie standen zuerst ganz verblüfft; und als sie sich überzeugt hatten, dass sie nicht träumten, dass es keine Sinnestäuschung, sondern greifbare Wirklichkeit sei, sagten sie die Wundermär weiter, und der Minister, der sich, wie gewöhnlich, zu früher Stunde im königlichen Palast einfand, brachte sie zum Gehör seines Herrn. Gleich trat der König auf den Altan hinaus, und wer schildert sein Entzücken, als ihm im Glanz der Morgensonne ein Feenschloss entgegenleuchtete! »Da ist offenbar Zauberei im Spiele«, bemerkte der Minister, der sich an seine Seite gestellt hatte. – »Was sprichst du mir von Zauberei?«, entgegnete der König. »Du weißt ja so gut wie ich, dass es Aladins Palast ist, den er mit meiner Erlaubnis für die Prin-

zessin, meine Tochter, hat erbauen lassen. Nach den Proben, die er uns schon wiederholt von seinem Reichtum und seinen Talenten gegeben hat, bleibt dieser rasche Bau zwar immer noch ein Wunder, aber kein unerklärliches. Gestehe nur, Kleingläubiger, dass bei deinem Urteil etwas wie Eifersucht wegen deines Sohnes mitunterläuft.« Da der Minister sah, dass ihm fortgesetzter Widerspruch die Ungnade seines Herrn zuziehen müsste, gab er dem Gespräch eine geschickte Wendung und begab sich dann mit dem König in die Ratsversammlung, deren Stunde gekommen war.

Aladin hatte in seinem Palast, bevor ihn der Geist von dort wegtrug, den Hausbeamten und der Dienerschaft genaue Befehle hinterlassen, dass sie ohne Aufenthalt ein festliches Mahl zurichten sollten. Jetzt verfügte sich seine Mutter im höchsten Staat, von ihren sechs Sklavinnen begleitet, an den Hof, um ihre Schwiegertochter zu begrüßen und sie zu bitten, dass sie mit ihrem königlichen Vater und dessen hohem Gefolge das Festmahl im Palast ihres Sohnes einnehmen möge.

Zur bestimmten Stunde erwartete dann Aladin in der Treppenhalle seine Gäste, die von einer feierlichen Musik empfangen wurden. Er beugte ein Knie vor dem König, der ihn väterlich umarmte; alsdann übergab er seiner Gemahlin mit liebevoller Ansprache einen goldenen Schlüssel, zum Zeichen, dass dies Haus ihr künftiger Wohnsitz und sie die Herrin des Hauses sei. Nachdem die unvergleichliche Einrichtung des Palastes von der immer von neuem überraschten Gesellschaft besichtigt war, setzte man sich zu Tisch und genoss unter den Klängen einer lieblichen Tafelmusik die ausgesuchtesten Speisen und Getränke. Zum Schluss des Gastmahls, dem es an ernsten und heiteren Trinksprüchen nicht fehlte, ließ eine wohlgeschulte Truppe von Tänzern und Tänzerinnen ihre Künste sehen, und während sich die Damen und Herren noch an diesem Schauspiel ergötzten, führte Aladin seinen Schwiegervater und den Minister hinauf in den Kuppelsaal. Das war nun die Krone aller im Hause so verschwenderisch entfalteten Pracht! Der König nahm das Kleinste wie das Größte in genauen Augenschein, und da konnte ihm nicht entgehen, dass nur dreiundzwanzig von den Gitterfenstern ausgebaut und mit Edelsteinen geschmückt waren. »Sage mir, mein Sohn, warum ist nicht auch das vierundzwanzigste Fenster vollendet?«, fragte er Aladin verwundert. »Das geschah, mein Herr und König«, erwiderte dieser, »in keiner andern Absicht, als weil ich dir den Ruhm der Vollendung lassen wollte, damit du so dem Palast die letzte Weihe gäbest und mir selbst ein neues Zeichen deiner Huld und Gnade.« – »Das will ich mir auch angelegen sein lassen«, versetzte der König und befahl dem Minister, es anzuordnen, dass die Arbeit gleich am nächsten Tage durch die geschicktesten Juweliere und Goldschmiede der Hauptstadt in Angriff genommen werde. Dann schlossen sie sich der übrigen Gesellschaft wieder an, die sich bald darauf verabschiedete; nur Prinzessin Sonnwang blieb mit einer Befriedigung, die ihr aus den Augen leuchtete, in ihrem neuen Heim zurück.

Die Werkleute des Königs begannen ihre Arbeit an dem Fenster, das den übrigen gleich werden sollte, in dem guten Glauben an die Leichtigkeit der Aufgabe. Doch wie bald wurden sie inne, dass sie Wasser in ein Sieb schöpften! Alle ihre vorrätigen Edelsteine samt denen, die der König aus seiner Schatzkammer zur Verfügung stellte, und als ihrer nicht genug waren, noch von seinem Minister entlehnte, reichten nicht zur Hälfte aus, das Fenster nach dem Muster der anderen zu schmücken. Darüber waren Wochen hingegangen, die Arbeitsleute standen ratlos und kratzten sich in den Haaren, denn sie waren mit ihrem Witz ans Ende gelangt. Nicht so Aladin. Er ließ die Goldschmiede sämtliche Edelsteine wieder herausbrechen und sie ihren Eigentümern zurückgeben. Dann zog er die Lampe aus dem Kleide, rieb sie und sagte zu dem erscheinenden Geiste: »Das Fenster hier hast du auf meinen Wunsch unvollendet gelassen; nun möchte ich es aber genau so prächtig ausgeführt haben wie die andern. – Sorge mir dafür!« Der Geist verschwand, Aladin verließ den Saal eine Weile, und als er wieder eintrat, siehe, da war das Fenster schon ausgebaut und glänzte im gleichen Juwelenschmuck wie die anderen dreiundzwanzig!

Dem Goldschmied, der dem König die ausgebrochenen Edelsteine zurückbrachte, dem angesehensten unter seinen Genossen, war es nur halb wohl bei der Sache. Er stimmte einen kläglichen Ton an und sprach: »Sohn des Himmels, großmächtiger Gebieter! Du weißt, wie lange wir schon allen Fleiß aufgeboten haben, um das Werk, das du uns anvertraut hast, löblich auszuführen. Auch waren wir schon weit darin vorgeschritten, da hieß uns Prinz Aladin plötzlich die Arbeit einstellen, das Fertige auseinandernehmen und dir, o Herr, wie auch Seiner Ehren, dem Minister, die gelieferten Steine zurückzubringen. Vernimm diesen Bericht ohne Zürnen, hochwaltender König, und entlass deinen getreuen Diener in Gnaden.« – »Welchen Grund hat euch Aladin für sein Verfahren angegeben?«, fragte der König. »Keinen«, antwortete der Goldschmied; »nur das einfache Geheiß ist an uns ergangen.« Da brach der König unverweilt auf, begab sich, ohne sein Kommen jemand wissen zu lassen, in Aladins Palast und stieg die Treppe hinauf, die zum Kuppelsaal führte, um selbst nach dem fraglichen Fenster zu sehen. Er traute seinen Augen nicht, als er die Lücke schon ausgefüllt und aufs Herrlichste geordnet fand. Er ging hin und her bei den Fenstern, zweifelte, schaute, tastete, verglich und musste sich zuletzt überzeugt halten, dass er sich nicht täusche, dass nicht das Geringste mehr fehle, dass das letzte Fenster dem ersten gleiche wie ein Ei dem andern. Und zu Aladin, der in diesem Augenblick herzutrat, sagte er voll freudigen Staunens, indem er ihn umarmte: »Was bist du für ein Wundermann, mein Sohn, der du in wenigen Stunden zuwege bringst, woran meine besten Werkleute nach einer Anstrengung von Wochen erlegen sind! Je mehr ich dich kennenlerne, dessen bewundernswerter erscheinen mir dein Reichtum und deine außerordentlichen Gaben.« Aladin verneigte sich bescheiden vor diesen Lobsprüchen und sagte: »Deine Zufriedenheit zu verdienen, mein königlicher Herr und Vater, und mich deiner Huld erfreuen zu dürfen, ist Zweck und Lohn all meines Tuns und Strebens. Sei versichert, dass meine schwachen Kräfte einzig und allein deinem Dienste gewidmet sind und bleiben.«

Der König entfernte sich, von Aladin bis zur Palastpforte geleitet, und sein erstes war, nachdem er in seine Gemächer zurückgekehrt war, dem Minister das Geschaute zu erzählen. Ein Zweifel an der Tatsache, die der König bis ins Kleinste beschrieb, war ausgeschlossen, um so weniger konnte sich der Günstling enthalten, zu sagen, dass er in seinem Glauben an Zauberei durch diesen neuen Vorgang nur bestärkt werde. »Schäme dich!«, versetzte der König. »Wie klein du von meinem Schwiegersohn denkst! Ein für allemal, ich will nichts dergleichen mehr von dir hören!« Der Minister kreuzte die Arme über die Brust, verneigte sich tief und schwieg.

In kurzem hatte sich Aladin durch seine Freigebigkeit und sein leutseliges Wesen zum erklärten Liebling des Volkes zu machen gewusst. Die allgemeine Verehrung, die er genoss, wuchs gar zur Schwärmerei, als er an der Spitze der königlichen Truppen eine feindliche Heerschar, die gegen die Hauptstadt anrückte, siegreich aufs Haupt schlug und über die Grenzen zurückjagte. Nun war er auch ein gefeierter Kriegsheld und hieß bei hoch und niedrig, bei jung und alt nur noch »Unser Prinz Aladin«. Auch dachte niemand anders, als dass ihm die Nachfolge auf dem Königsthron gebühre, wenn dieser einmal frei werden sollte! – –

Dem ägyptischen Zauberer aber war inzwischen durch seinen Misserfolg in China wieder einmal die Galle erregt worden, doch pflegte er den ihm so verhassten Gedanken jederzeit schnell abzuweisen, ohne länger darüber zu brüten. Eines Tages aber fiel ihm ein, er wolle doch seine Zauberbücher befragen und seine Rechnungen darüber anstellen, ob jener Aladin auch wirklich in der unterirdischen Höhle umgekommen sei. Er forschte und grübelte tage- und nächtelang und brachte endlich heraus, dass der Schneiderssohn am Leben geblieben sei, dass er sogar des Königs Tochter zur Ehe bekommen habe und im Genuss unermesslicher Reichtümer auf dem Gipfel des Ansehens stehe. Dazu konnte ihm nur der Geist der Wunderlampe verholfen haben!

Bei dieser Entdeckung schäumte der Zauberer vor Wut und beschloss, nicht eher zu ruhen, als bis er den Emporkömmling, der ihm die Frucht seiner Arbeiten und Nachtwachen geraubt, in den Staub gestürzt hätte. Ohne Verzug trat er abermals die beschwerliche Reise nach

China an und setzte sie, sich nur die wenigsten Ruhepausen gönnend, unaufhaltsam fort, bis er die Königsstadt, wo er einst den braven Oheim gespielt, erreicht hatte. Hier nahm er Wohnung in einer Herberge für fremde Handelsleute und erholte sich erst, bevor er etwas unternahm, von den Strapazen der Reise. Doch hatte er ein achtsames Ohr auf die Gespräche der Fremden und Einheimischen, und da vernahm er zu seinem grimmigsten Ärger, dass Prinz Aladin, sein wunderbarer Palast, sein fürstliches Leben in aller Munde sei. Nach diesem Palast richtete er also seinen ersten Gang. Der Anblick des Wunderwerks ließ ihn keinen Augenblick mehr zweifeln, dass sich Aladin zu dessen Erbauung des Zaubers der Lampe bedient haben müsse. Und nun galt es, dem Verhassten diese Lampe durch irgendeine List zu entreißen!

Gerade um diese Zeit war Aladin für mehrere Tage auf der Jagd abwesend. Die Lampe, die er sonst immer bei sich trug, hatte er vorsichtiger- oder unvorsichtigerweise auf ein Wandgesims in einem der Zimmer gestellt, die zu den Wohngelassen seiner Gemahlin gehörten und höchst selten von jemand betreten wurden. Den Zauberer aber belehrte seine Kunst, dass sich die Lampe in diesem östlichen Flügel des Palastes befinde, und darauf gründete er sein schlaues Unternehmen.

Mit einem Korb am Arm trat er in einen Laden, wo eine Menge hübscher kupferner Lampen zum Verkauf stand. Er wählte ein Dutzend davon aus, fragte nach dem Preis, bezahlte das Ge-

forderte und legte die Lampen in seinen Korb. Dann begab er sich in die Nähe von Aladins Palast und rief, an den Häusern rechts und links hinaufschauend, mit lauter Stimme: »Wer will alte Lampen gegen neue austauschen?« Dies wunderliche Angebot brachte ihm gleich ein Rudel Kinder, die in der Straße spielten, an die Fersen. Sie folgten ihm lärmend und verhöhnten ihn als einen Narren. Doch ließ er sich nicht irremachen, und je mehr der Haufen seiner Verfolger anwuchs, um so lauter wiederholte er seinen Ausruf: »Wer will alte Lampen gegen neue austauschen?« So war er bis zu Aladins Palast gekommen, und Prinzessin Sonnwang, durch den Auflauf ans Fenster gelockt, schickte eine ihrer Sklavinnen hinunter, um zu erfahren, was das wilde Geschrei zu bedeuten habe.

Nach kurzem kam die Sklavin zurück und wollte sich ausschütten vor Lachen. »Warum lachst du denn so unbändig, törichtes Mädchen?«, fragte die Prinzessin. »Sprich doch endlich, was es da unten gibt.« – »Ach, gnädige Herrin, verzeih meine Unschicklichkeit«, antwortete die Sklavin, immerfort lachend. »Ich kann nicht anders, denn so etwas ist mir unerklärlich. Da zieht ein Händler mit einem Korb voll schöner neuer Lampen umher, die er ohne Aufgeld gegen alte umtauschen will! Die Gassenjungen umschwärmen ihn zu Hunderten und treiben ihren Spott mit ihm.« – »Ei, da sollte man doch eine Probe machen, ob der Mann wirklich verrückt genug ist, einen solchen Tausch einzugehen!«, sagte eine andere Sklavin. »In einem der Nebenzimmer«, fuhr sie fort, »habe ich eine alte, wertlose Lampe stehen sehen; wenn es dir genehm ist, Gebieterin, will ich sie hinunterbringen und mir eine neue dafür holen.« – »Geh nur, wenn es dir Spaß macht«, sagte die Prinzessin lachend; »ich habe nichts dagegen.«

So wanderte die Wunderlampe, von der Aladin seiner Gemahlin niemals gesprochen hatte, in den Korb des Zauberers, und das tolle Gelächter und Hohngeschrei der Kinder, als er den Tausch ohne weiteres einging, klang ihm wie himmlische Musik in den Ohren. Um den spottenden Schwarm mit guter Manier loszuwerden, spielte er wirklich den Verrückten, zog seine Börse, warf mit allerlei lächerlichen Grimassen eine Handvoll Geld unter sie, und während sie sich in dichtem Knäuel darum rissen und balgten, drückte er sich sachte um die nächste Ecke, gewann ein Seitengässchen und verschwand in der

Vorstadt. Sobald er auch diese hinter sich hatte und sich auf einem öden Platz allein sah, nahm er die Wunderlampe aus dem Korb, rieb sie, und im Nu stand der Geist vor ihm und sprach: »Was willst du? Ich bin bereit, dir zu gehorchen als dein Sklave und als Sklave aller derer, die die Lampe in der Hand haben, sowohl ich als die andern Sklaven der Lampe.« – »Du sollst mir«, gebot der Zauberer, »sobald es vollends Nacht geworden ist, Aladins Palast mit allen seinen Bewohnern und mich selbst zugleich mit ihnen nach Ägypten versetzen.« Der Geist antwortete: »Es soll geschehen!« und verschwand. Nun verwahrte der Zauberer die unschätzbare Lampe mit triumphierendem Grinsen in seinem Kleide, warf seinen Korb in einen nahen Sumpf und erwartete unter dem Laubgewölbe eines Baumes, der seine Zweige ringsum zur Erde senkte, den Einbruch der Nacht. Der Geist aber vollzog, was ihm aufgetragen war, so pünktlich, wie er bis jetzt immer getan hatte. –

Am anderen Morgen trat der König in aller Frühe, wie es seine Gewohnheit war, auf den Altan hinaus, um sein Auge an dem Palast und Garten seines Schwiegersohnes zu vergnügen und seiner Tochter, wenn sie sich am Fenster zeigen sollte, den Morgengruß zuzuwinken. Er blickte aber diesmal ins Leere und war im höchsten Grade betreten. Warum sah er den Palast nicht gegenüber wie sonst? Woran mochte es liegen? Die Luft konnte nicht klarer sein als heute, sein Standort war der gleiche wie immer, sein Auge erblickte alles übrige, wonach er sah, genau so wie früher – warum nur den Palast nicht? Wäre dieser über Nacht eingestürzt, so müssten Trümmer umherliegen; hätte ihn die Erde verschlungen, so müsste ein Erdbeben stattgefunden haben. Nein, er konnte sich nicht täuschen, es war und blieb Tatsache: Die Stelle, worauf der Palast gestern noch gestanden hatte, zeigte sich unausgefüllt, leer und eben, genau wie zu der Zeit, als er noch nicht erbaut war.

Während der König noch in wirren Gedanken stand, trat der Minister an seine Seite und bestätigte das Verschwundensein des Palastes. »Ja, ja«, sagte das Männchen mit schlecht verhehlter Genugtuung, »es musste so kommen. Zauberei und Hexerei war es von Anfang an, und jetzt haben wir die Bescherung.« – »Und meine Tochter auch mit verschwunden?«, rief der König ganz außer sich. »Ha, ein unerhörter Betrug! Das soll mir der Höllensohn büßen!«

So blindes Vertrauen der König seinem Schwiegersohn bisher entgegengebracht hatte, ebenso blinden Haß warf er jetzt auf ihn und beschloss, unverzüglich Rache an ihm zu nehmen. Er sandte dem aus weiter Ferne von der Jagd Heimkehrenden eine Anzahl Reiter von seiner Leibwache entgegen, deren Offizier ihm melden musste, der König habe ein großes Verlangen nach ihm und schicke die Bedeckung, um ihn schnell und sicher an den Hof zu geleiten. Sogleich trennte sich Aladin von seinen Jagdgenossen und eilte, nichts Arges denkend – wie hätte er auch sollen? – mit den Reitern nach der Hauptstadt. Als man noch eine halbe Stunde von den Toren entfernt war, nahmen ihn die Reiter auf einen Wink ihres Anführers plötzlich in die Mitte, und der Offizier sprach: »Prinz Aladin, auf Befehl des Königs verhaften wir dich als Staatsverbrecher! Es ist uns ein schmerzlicher Auftrag, allein wir müssen gehorchen.« – »Mich verhaften? Was legt man mir denn zur Last?«, fragte Aladin, wie aus den Wolken gefallen. »Ich bin mir keiner Schuld bewusst.« Der Offizier versicherte, dass ihm nichts mitgeteilt worden sei als der Verhaftungsbefehl, und nun stieg Aladin vom Pferde und ließ sich, ohne Widerstand zu leisten, der auch vergeblich gewesen wäre, Ketten anlegen und in diesem Verbrecheraufzug durch die Stadt führen. Wie ein Lauffeuer verbreitete sich die Kunde von dem unglaublichen Ereignis. Empört darüber, den allgeliebten Prinzen, von dem man nur Gutes und Rühmliches wusste, so schimpflich behandelt zu sehen, drängte sich das tobende Volk von allen Seiten herzu, stieß wilde Drohungen aus und warf mit Steinen nach den Reitern, die sich erst, als sie Verstärkung erhielten, des Angriffs erwehren und zur Palastpforte, die sich gleich hinter ihnen schloss, durchdringen konnten.

Im Hofe des Palastes stand schon der Henker bereit, der dem Gefangenen auf Befehl des Königs, der mit dem Minister am Fenster stand, ohne weiteres den Kopf abschlagen sollte. Aber das wütende Volk stürmte gegen die Pforte, legte Leitern an und erstieg an mehreren Stellen die Mauer. Da musste sich der erschreckte König auf den Rat des Ministers entschließen, Aladin zu begnadigen und durch diesen selbst die aufgeregten Bürger beschwichtigen zu lassen. Auf dieses hin verliefen sich die Haufen allmählich, und nun trat Aladin vor den König und sprach: »Ich danke dir, o Herr, dass du mir das Leben geschenkt hast; nun erzeige mir auch noch die Gnade, mich wissen zu lassen, womit ich es verwirkt habe.« – »Womit du es verwirkt hast, Elender?«, fragte der König mit zornerstickter Stimme. »Blicke durchs Fenster und sage mir, wo dein Palast und wo meine Tochter ist!« Aladin blickte hinaus auf den leeren Platz und war vor starrem Erstaunen keines Wortes mächtig. »Hast du keine Augen, keine Stimme?«, fragte der König wieder in schneidendem Ton. »Sprich, Frevler, wo dein Palast, wo meine Tochter ist!« Endlich brachte Aladin die Worte hervor: »Herr, es ist nicht zu leugnen – der Palast ist verschwunden; aber ich beteure es aufs Heiligste, ohne mein Verschulden; auch weiß ich nicht, wo er sein mag.« – »An dem Palast und deinem Beteuern liegt mir kein Pfifferling«, erwiderte der König; »aber meine Tochter will ich wiederhaben, und schaffst du mir sie nicht zur Stelle, so schwöre ich, dass es dich dennoch den Kopf kostet!« Da warf sich Aladin dem König zu Füßen und flehte: »Gib mir eine Frist von vierzig Tagen, o Herr, dass ich dein Begehren zu erfüllen suche, und wenn es mir vor Ablauf dieser Zeit nicht gelingt, dann stelle ich mich wieder vor deinen Thron; ich gelobe es, ich gebe mein Leben in deine Hand.« – »So gehe denn, geh eiligst, und sei versichert, entgehen wirst du mir nicht!«, antwortete der König in milderem Ton; denn wie er jetzt in Aladins ehrliches Gesicht sah, mochte ein Teil seines vormaligen Vertrauens auf den Allvermögenden in seine Brust zurückgekehrt sein.

Zunächst war Aladin froh, als er den königlichen Palast hinter sich hatte, wo ihn das Hofgesinde, das ihm noch kurz zuvor knechtisch gehuldigt, mit kalten Blicken, ja mit höhnischer Verachtung ansah. Er suchte die einsamsten Pfade auf, um keinem Menschen begegnen zu müssen, und machte seinem grambeschwerten Herzen in lauten Klagen Luft. Dass an seinem Unglück nur der Verlust der Wunderlampe, wie dieser auch erfolgt sein möge, schuld sein könne, stand ihm außer Zweifel, und immer von neuem wiederholte er den Schmerzensruf: »Arme Sonnwang! Was ist aus dir geworden? Möchte doch Hab und Gut auf immer dahin sein, wenn mir nur die geliebte Gattin geblieben wäre!« In solchen Kummergedanken achtete er wenig auf den schmalen Weg, den er am Flussufer hinging. Auf einmal glitt er aus und wäre ins Wasser gestürzt, wenn er sich nicht an den ausgewaschenen Wurzeln eines Strauches noch hätte festhalten können. Dabei wurde der Ring, den ihm der Zauberer einst angesteckt und an den er gar nicht mehr gedacht hatte, heftig gerieben, und augenblicklich stand derselbe Geist da, der ihm aus der unterirdischen Höhle geholfen. »Gebiete mir!«, sprach er wie damals. »Ich bin bereit, dir zu gehorchen als dein Sklave und als Sklave derer, die den Ring am Finger haben, sowohl ich als die andern Sklaven des Ringes.« – »Schaffe mir meinen Palast mit allem Zubehör an seine alte Stelle zurück«, bat Aladin – »Das liegt nicht in meiner Macht«, erwiderte der Geist; »das musst du von dem Sklaven der Lampe verlangen.« – »Dann bringe mich wenigstens an die Stelle, wo sich der Palast jetzt befindet, und zwar unter das Fenster meiner Gemahlin, der Prinzessin Sonnwang«, sagte Aladin. Und kaum hatte er den Wunsch geäußert, so war dieser auch schon erfüllt.

Wie hätte Aladin seinen Palast nicht erkennen sollen, dem kein anderes Bauwerk der Welt glich? Und wie nicht die Züge seiner Gattin, die, halb von einem Vorhang verdeckt, am Fenster saß? Die Freude machte ihn zittern, und es dauerte eine gute Zeit, bis er seine Fassung wiedergewonnen hatte. Dann näherte er sich zwischen den Büschen des Parkes dem Palast und

klatschte unter Sonnwangs Fenster, wie er zu Hause scherzweise öfter getan hatte, dreimal in die Hände. Bei diesem wohlbekannten Zeichen öffnete die Prinzessin sogleich das Fenster, erkannte ihren Gemahl und streckte ihm voll seliger Überraschung die Hände entgegen, schickte auch gleich eine ihrer Sklavinnen hinunter, die Aladin durch ein geheimes Pförtchen einlassen und ohne Aufsehen zu ihr führen sollte.

Schon aus kurzer Unterhaltung mit seiner Gemahlin erfuhr Aladin, dass es der Oheim Zauberer gewesen war, der durch eine List die Wunderlampe in seinen Besitz gebracht und mit Hilfe des Geistes der Lampe den Palast hierherversetzt hatte. Auch erzählte sie ihm, wie unablässig sie der Bösewicht, da sie ja Witwe und für immer von der Heimat losgerissen sei, mit seinen Bewerbungen belästigte. Als Herr des Palastes behaupte er, auch ein Anrecht auf ihre Hand zu haben. Darauf nun baute Aladin seinen Plan, dem Abscheulichen die Lampe zu entreißen und ihn für immer unschädlich zu machen.

Er begab sich heimlich in den Park hinab und von da ins freie Feld auf den Weg zur Stadt. Unterwegs tauschte er mit einem begegnenden Bauersmann, der auf den vorteilhaften Handel gern eingіng, die Kleider und war nun sicher, niemandes Augen auf sich zu ziehen. In der Stadt angekommen, suchte er die Gasse auf, wo die Materialhändler ihre Verkaufsstellen hatten, trat in einen solchen Laden und fragte nach einem gewissen Pulver, das er nannte. Der Kaufmann stutzte erst, weil dies Pulver giftig und sehr teuer war; als aber der vermeintliche Bauer seine Börse zog und Gold sehen ließ, hatte er kein Bedenken mehr und wog das Verlangte ab. Hierauf kehrte Aladin zu seiner Gemahlin zurück und gab ihr an, welche Rolle sie dem Zauberer gegenüber spielen müsse.

»Schmücke dich mit deinen schönsten Kleidern«, sagte er, »und lade ihn zu Tisch, wo du ihn zutraulich behandelst und aufs Köstlichste bewirtest, während ich mich im Nebenzimmer verborgen halte. Im Laufe der Unterhaltung deute ihm an, dass du endlich dazu gekommen seiest, deinen Sinn gegen ihn zu ändern, und ihm, wenn er sich noch ein wenig gedulde, deine Hand reichen wollest. Zur Bestätigung deiner Geneigtheit kredenzest du ihm den Becher Wein, in den vorher das Giftpulver gemischt wurde. Du berührst nur den Rand des Bechers mit den Lippen, worauf er den ganzen Inhalt mit Verehrung austrinken, aber auch sogleich zurücktaumeln und seine schwarze Seele aushauchen wird. In diesem Augenblick öffnest du die geheime Tür, und ich bemächtige mich der Lampe, die er stets, wie du ihn hast prahlen hören, in den Brustfalten seines Kleides mit sich trägt.«

Prinzessin Sonnwang sträubte sich anfangs dagegen, eine so widerliche Szene mit dem verabscheuten Menschen aufzuführen, doch wurde es Aladin nicht schwer, sie zu überzeugen, dass es kein anderes Mittel gäbe, aus der Gewalt des Zauberers zu entkommen und an den Hof ihres Vaters zurückzukehren. So befolgte sie denn genau den Rat ihres Gatten, und es glückte auch alles, wie es in Aussicht genommen war. Der Zauberer ließ sich überlisten und trank sich aus dem kredenzten Becher einen jähen Tod.

Nachdem Aladin den Leichnam seines Erzfeindes nächtlicherweile verscharrt hatte, rieb er die Lampe und befahl dem erscheinenden Geist, den Palast ohne Verzug nach China an dieselbe Stelle zurückzutragen, wo er zuvor gestanden hatte. Der Geist war kaum verschwunden, so wurde vom Emporheben des Palastes ein leichter Ruck gefühlt und gleich darauf ein schwacher Stoß vom Niedersetzen, und als der König am nächsten Morgen auf seinen Altan hinaustrat – welche Überraschung! Welches Entzücken! Aladins Palast, der Wohnsitz seiner geliebten, so schmerzlich vermissten Tochter, schaute ihm wieder wie vormals entgegen, sogar der grünsamtene Teppich fehlte nicht, der zu ihm hinüberführte.

Der glückliche König, dessen Kummer so unversehens gestillt war, machte sich ohne Verzug auf, Schwiegersohn und Tochter zu begrüßen. Es war ein rührendes Wiedersehen. Sie erzählten ihm alles, was ihnen mit dem Zauberer und der Lampe begegnet war, und sagten dem Himmel Lob und Dank, der sie für immer aus aller Gefahr gerettet hatte. –

In der kürzesten Zeit verbreitete sich die Kunde von dem Ereignis in der ganzen Stadt. Scharenweise strömte das Volk vor den wohlbekannten Palast und jubelte tausendstimmig: »Heil, Prinz Aladin! Heil, Prinzessin Sonnwang!« Die beiden grüßten und dankten vom Balkon herab, setzten sich dann zu Pferde und ritten mit stattlichem Gefolge durch die Hauptstraßen der Stadt, die auch schon mit Blumen, Teppichen und Fahnen geschmückt waren.

Aladins Mutter, die bald auch Großmutter wurde, durfte sich nun nicht länger weigern, im

Palast ihres Sohnes Wohnung zu nehmen, und man konnte sich kein trauteres Zusammenleben denken als das in dieser wiedervereinigten Familie. Der König erfreute sich noch blühender Enkel, und als er hochbetagt starb, folgte ihm Aladin auf dem Thron und beglückte seine Untertanen auf lange Zeiten hinaus durch seine weise und gerechte Regierung.

C. St.

C. St.